D0924707

Mission...
à s'arracher
les cheveux !

Les Éditions du Boréal reconnaissent l'aide financière du gouvernement du Canada par l'entremise du Fonds du livre du Canada (FLC) pour leurs activités d'édition et remercient le Conseil des arts du Canada pour son soutien financier.

Les Éditions du Boréal sont inscrites au Programme d'aide aux entreprises du livre et de l'édition spécialisée de la SODEC et bénéficient du Programme de crédit d'impôt pour l'édition de livres du gouvernement du Québec.

Diffusion au Canada : Dimedia
Diffusion et distribution en Europe : Volumen

Catalogage avant publication de Bibliothèque et Archives nationales du Québec et Bibliothèque et Archives Canada

Chartrand, Lili

    Mission... à s'arracher les cheveux !

    (Les 4 G ; 2)
    (Boréal Maboul)
    Pour enfants de 6 ans et plus.
    ISBN 978-2-7646-2368-8

    I. Benoit, Mathieu, 1978-   . II. Titre. III. Collection : Chartrand, Lili. 4 G ; 2.
IV. Collection : Boréal Maboul.

    PS8555H4305M562   2015   jC843'.6   C2014-942803-0
    PS9555.H4305M562   2015

    ISBN PAPIER 978-2-7646-2368-8
    ISBN PDF 978-2-7646-3368-7
    ISBN EPUB 978-2-7646-4368-6

Les 4 G 2

Mission... à s'arracher les cheveux !

texte de Lili Chartrand
illustrations de Mathieu Benoit

Boréal Maboul

Les 4 G et compagnie

Gina-Colada

Chef de la bande, c'est une chimiste de génie au caractère bouillant. Ses potions sont souvent utiles pour combattre les vilains. Sa devise : plus ça goûte mauvais, plus c'est efficace !

Gogo-Alto

Fidèle compagnon de Gina-Colada, ce perroquet imite n'importe quelle voix ou n'importe quel son. Très intelligent et fort adroit de ses pattes, il adore parler au téléphone !

Gigi-Tricoti

Avec ses doigts de fée, elle tricote à la vitesse de l'éclair ! Malgré sa vision parfaite, elle porte toujours des lunettes. Elle en possède 23 paires et demie. Ce sont ses porte-bonheur, alors bas les pattes !

Gali-Petti

*Acrobate-né, il est plus mou
que du caoutchouc. Peut-être était-il
un chewing-gum dans une autre vie ?
Fan fini de Johnny Bigoudi, il écoute
sa musique jour et nuit !*

Monsieur Mauve

Personnage mystérieux, il dirige les 4 G sans
jamais se montrer. Les missions qu'il leur confie
sont toujours dignes de leurs talents…
car les méchants sont attirés à Gredinville
comme les mouches par le sucre !

Komett

*Aussi rapide qu'une fusée,
ce bolide est un cadeau
de Monsieur Mauve.
Il n'obéit qu'au son de la voix
des 4 G. De plus, il est doté
de gadgets pour le moins
inattendus !*

1

L'effet Johnny Bigoudi

Au *Don Quichotte,* tout le monde est énervé !
Une drôle de tempête agite le moulin à vent
qui sert de repaire aux 4 G…

Sur son trampoline, Gali-Petti a découvert
des billets pour assister à l'un des rares
concerts de Johnny Bigoudi. *Son idole.*
Comme la star préfère les petites salles, elle
donne un spectacle ce soir au *Kakofonik* de
Gredinville. Les billets au premier rang coû-
tent les yeux de la tête, mais Monsieur Mauve
sait satisfaire ses agents. Enfin, presque.

Gali-Petti est aux anges ! Il chante (faux) le dernier hit de Johnny Bigoudi : *J'ai la mèche courte.* L'acrobate ne cesse de faire des pirouettes d'un bout à l'autre du moulin à vent.

Au labo, il renverse au passage un liquide bleu sur la table de travail.

— Va gambader ailleurs ! grogne Gina-Colada en essuyant le dégât.

Gali-Petti rebondit dans le salon. Gigi-Tricoti examine une paire de lunettes qu'elle

8

a commandée sur Internet. Le garçon rate son saut et s'écroule sur la jeune fille. Elle tombe par terre et échappe ses nouveaux verres.

— Nom d'un mouton rasé ! lance-t-elle. Tu as failli casser mes lunettes infrarouges (ça veut dire qu'elles permettent de voir dans le noir. Chouette, hein ?) !

Gali-Petti est déjà reparti vers le gymnase, son lieu préféré. D'un bond, il saute sur le

trampoline, en écoutant Johnny Bigoudi au maximum dans les hauts-parleurs fixés aux quatre coins de la pièce. Résultat : c'est in-sup-por-ta-ble.

Gina-Colada, Gigi-Tricoti et Gogo-Alto se précipitent au gymnase, aussi tendus que des cordes de guitare. Une surprise les y attend. Gali-Petti n'a jamais été aussi perfor-mant : ses pirouettes sont incroyables ! Bouche bée, les trois amis ne pensent plus à l'enguirlander (joli verbe qui signifie : « faire des reproches »).

— Il est vraiment, vraiment content ! crie Gina-Colada.

— Oui, approuve Gigi-

Tricoti sur le même ton. Il va quand même voir son idole !

— Moi, Johnny Bigoudi… Pfft ! clame la chimiste. J'aimerais mieux passer la soirée à travailler une nouvelle mixture !

— Ça peut être chouette de tricoter dans une salle de spectacle en délire, hurle Gigi-Tricoti.

— Krrroââ ! Ça va nous changer les idées ! réplique à tue-tête Gogo-Alto.

C'est alors que la musique s'arrête. Gali-Petti atterrit devant ses amis, un grand sourire aux lèvres.

— Je n'arrive pas à croire que nous allons voir Johnny Bigoudi *en personne* !

— Change de disque ! s'impatiente Gina-Colada en regardant sa montre. Ouf ! Plus que deux heures avant le spectacle…

— Je suis certain que tu vas l'aimer, réplique le garçon. Il est génial, il est…

La montre-téléphone de Gina-Colada se met soudain à sonner. « Sauvée par la cloche », songe-t-elle en appuyant aussitôt sur le bouton rouge. La voix de Monsieur Mauve résonne :

— Mission urgente pour les 4 G. Johnny Bigoudi a disparu !

— Hein ? font les 4 G en même temps.

— Ce n'est pas poli de dire « hein », il faut dire « pardon », les corrige-t-il. L'agent de Johnny Bigoudi est dans tous ses états !

— Quand cela s'est-il produit ? demande Gina-Colada.

— Il y a environ 30 minutes (28 min 13 s). Son agent a cogné à la porte de sa loge pour lui apporter son repas habituel avant un spectacle. Mais Johnny Bigoudi n'était plus là ! Il paraît qu'il est très professionnel et qu'il n'aurait jamais quitté le *Kakofonik* sans prévenir. Son agent est très inquiet. Rendez-vous là-bas et trouvez Johnny Bigoudi au plus vite !

Gina-Colada cherche sa ceinture garnie de fioles. Gigi-Tricoti récupère son sac à dos avec ses aiguilles à tricoter et ses lunettes. Gali-Petti, lui, est bouleversé. On dirait qu'il a avalé une gomme de travers.

— Grouillez-vous ! s'impatiente-t-il soudain en courant vers Komett.

— Krrroââ ! crie Gogo-Alto. Une nouvelle mission pour les 4 G !

2

Une mèche de cheveux

Komett dépose les 4 G
en un temps record
(1 min 27 s) devant les portes du *Kakofonik*. Un
homme y marche de long en large. La cravate
de travers, il semble au bord de la crise de
nerfs. Il termine sa conversation au cellulaire,
puis s'adresse au quatuor :

— Les 4 G ? Je me présente : Fil Spectak,
agent de Johnny Bigoudi. Sa loge est au
fond, à droite. Excusez-moi, j'ai un autre
appel. Fichus journalistes qui veulent faire

des interviews (prononcer « interviou ») ! Je ne sais plus quoi inventer pour expliquer l'absence de Johnny…

Sans tarder, les 4 G gagnent la loge du chanteur.

— Snif ! Snif ! fait la chimiste. Il y a une vague odeur de fixatif à cheveux…

— Johnny Bigoudi n'emploie jamais ce produit, et moi non plus ! affirme Gali-Petti. Il en faudrait une tonne avec nos tignasses (mot rigolo qui veut dire : « chevelure abondante ») !

— Tu as raison, approuve Gigi-Tricoti. Il n'y a qu'une brosse et une serviette sur sa table de maquillage.

— Krrroââ ! lance Gogo-Alto, juché sur l'un des crochets d'une patère. Et ça, qu'est-ce que c'est ?

Avec sa patte, le perroquet enlève d'un crochet un carton argenté sur lequel est épinglée une mèche de cheveux roses.

— Johnny Bigoudi est blond et il a horreur du rose ! s'écrie Gali-Petti. Je l'ai lu dans *Star à Gogo* !

Gina-Colada s'empare du carton, renifle la mèche et plisse le nez :

— Ça empeste le fixatif ! Si ça n'appartient pas à Johnny Bigoudi, ça ressemble fort à une signature ! Vous voyez ce que je veux dire ?

Les 4 G hochent la tête. Les gredins ont la manie de laisser une trace de leur passage, car ils sont très orgueilleux. Mais cette signature-là, le quatuor ne la connaît pas !

Gina-Colada pèse sur le bouton vert de sa montre-téléphone. Une liste de gredins s'affiche sur le petit écran.

Les 4 G regardent défiler les noms. Jo Lapincette : *pince à linge*. Igor Matamor : *tête de mort*. Tata Karamella : *bonbon dur.* Roberto de Noiro : *réglisse*. Larsen Lapin :

carotte. Greta Barbo : *pinceau.* Rosy Fera-frizi : *mèche de cheveux…*

— La voilà ! s'écrie la chef de la bande en appuyant le bout du doigt sur ce nom.

La photo d'une jeune femme à l'extravagante coiffure rose bonbon apparaît sur le petit écran. Elle porte une robe fuchsia (mot difficile à écrire qui signifie : « rose foncé ») à poils

longs. Une note se trouve au bas de la photo. *Caractéristique : aime les cheveux, les poils et les perruques.*

— Ce carton argenté me rappelle quelque chose ! s'exclame Gigi-Tricoti en le retournant. Regardez !

Au verso, il est indiqué : *Salon Koup-Koup. Pour elle et lui.*

— Vite, rejoignons Komett ! ordonne aussitôt Gina-Colada.

Les 4 G sautent dans leur bolide, sous l'air ahuri de Fil Spectak.

— Ne vous en faites pas, on vous ramène JB bientôt ! lance Gina-Colada. Komett, direction *Koup-Koup* !

Moins d'une minute plus tard (52 s), le bolide s'arrête à quelques mètres du salon de

coiffure *Koup-Koup*. La rue est déserte, mis
à part un camion de plombier stationné à
deux pas du commerce. Les 4 G approchent.
Le store est baissé. Une pancarte indique les
heures d'ouverture : *9 h à 18 h.*

— Je viens parfois ici, mais j'avais oublié ce détail, constate Gigi-Tricoti. Rosy Ferafrizi se cache donc ailleurs !

C'est à ce moment que la porte s'ouvre.

3

Quel toupet !

— Entrez ! fait une jeune femme châtaine portant des lunettes teintées.

Elle est vêtue d'un sarrau de coiffeuse. Devant l'air étonné de Gigi-Tricoti, elle explique :

— Je suis une nouvelle employée. Je profite de la fermeture pour me familiariser avec les produits.

— Ah bon ! Mais… qu'est-ce que cette étrange machine fabrique au milieu du salon ? Je ne l'ai jamais vue !

— Une invention de monsieur Koup-Koup. Venez voir comme c'est confortable !

Polis, les 4 G s'installent sur les chaises, qui sont chacune surmontées d'un tuyau.

— On ne vient pas se faire couper les cheveux, précise Gina-Colada.

— Évidemment, réplique la jeune femme en appuyant sur un bouton au-dessus de la tête de Gigi-Tricoti.

Clac ! Quatre ceintures en métal clouent les 4 G à leur chaise. De petite taille, Gogo-Alto commence à se dégager, mais la jeune femme le ligote à son siège. Puis, elle retire ses lunettes et son sarrau. Les 4 G reconnaissent aussitôt la robe fuchsia à poils longs de Rosy Ferafrizi ! La gredine tire ensuite sur sa chevelure châtaine. Les 4 G retiennent un cri de surprise : Rosy Fera-frizi est chauve ! Elle far-fouille dans un sac et s'empare de sa perruque rose.

Le quatuor la regarde fixer la moumoute (mot amusant qui veut dire : « per-ruque ») sur sa tête. D'un coup, son regard change et elle redresse les épaules.

— Les cheveux de cette perruque provien-nent d'une espionne très rusée, déclare-t-elle avec une voix différente. Rien ne peut m'arrêter !

— Nom d'une potion velue ! s'écrie Gina-Colada. Sa personnalité se modifie quand elle change de perruque !

— Mais… c'est impossible ! proteste Gigi-Tricoti.

— Tu es futée, poil de carotte ! lance Rosy Ferafrizi. Une brève explication s'impose. Mon cuir chevelu a été brûlé par une teinture de mauvaise qualité. Résultat : mes cheveux ne repoussent plus ! Je me suis acheté une perruque de cheveux naturels et

j'ai découvert mon don extraordinaire. Porter la chevelure des autres me donne leur personnalité. Du même coup, j'hérite de leurs talents. Génial, non ?

Les 4 G sont bouche bée.

— Je choisis donc avec soin mes victimes, poursuit-elle. Je possède une collection impressionnante. Perruques de coureur automobile, de peintre célèbre, de lutteuse, etc. J'ai entendu parler de vos talents exceptionnels, ça m'a aussitôt intéressée ! Johnny Bigoudi n'était qu'un appât pour vous duper. Je lui ai dit que j'étais la sœur de Lady Gugu, et qu'elle désirait le rencontrer. L'imbécile m'a suivie sans hésiter ! J'ai signé mon crime, car j'étais certaine que vous mordriez à l'hameçon !

— Où est Johnny Bigoudi ? demande Gina-Colada, qui tente en vain de se libérer.

— C'est un secret, murmure la gredine. Ah oui, je l'ai déjà « perruqué »… Il est chauve comme un œuf ! ajoute-t-elle avec un vilain sourire. C'est pratique, je ne chanterai plus comme une casserole… Vous ne me croyez pas ? dit-elle en sortant une perruque blonde de son sac.

Gali-Petti étouffe un cri. Il a reconnu la tignasse de son idole !

— J'ai inventé le « Supremux Perux » en portant la perruque d'un savant fou, explique Rosy Ferafrizi. Cette machine déracine les cheveux et les réassemble de façon identique. Elle fabrique des perruques en un temps record !

Stupéfaits, les 4 G restent muets.

— Maintenant, c'est à votre tour ! Pendant que vous vous ferez « perruquer », je vais régler son compte à Johnny Bigoudi… Ha ! Ha ! Décidément, je suis la reine des gredines ! Quelle heure est-il ? Poil de carotte, tu as une fort jolie montre, ajoute-t-elle en détachant celle de Gina-Colada.

— Quel toupet ! s'indigne la chimiste.

— Merci du compliment, murmure Rosy Ferafrizi en se dirigeant vers un placard.

Dès qu'elle l'ouvre, un molosse (*ça veut dire : «gros chien pas gentil du tout»*) bondit, crocs sortis, devant les 4 G.

— Mon Frizounet d'amour, attaque-les s'ils tentent de s'évader ! ordonne-t-elle.

La gredine appuie ensuite sur un bouton situé au-dessus de la tête de Gali-Petti. Puis, elle quitte le salon en claquant des talons (et la porte aussi). Au même moment, la machine commence à faire un bruit puissant : « voooooouuuummm… »

4

Le « Supremux Perux »

« Vooooouuuummm… » Les tuyaux du
« Supremux Perux » commencent à aspirer
les cheveux de Gigi-Tricoti, de Gali-Petti et
de Gina-Colada. Même Gogo-Alto perd des
plumes !

— Aaaahhh ! crie la tricoteuse super-
sonique. On dirait qu'un géant me tire les
cheveux !

— Je ne veux pas perdre ma tignasse,
gémit l'acrobate.

— Du calme ! commande la chef du
groupe, dont la queue de cheval a déjà été

aspirée par le tuyau. Il doit y avoir un moyen pour arrêter cette satanée machine !

— Nom d'un mouton rasé ! s'exclame Gigi-Tricoti. Une de mes aiguilles à tricoter pourrait bloquer le mécanisme..

Aussi mou que du caoutchouc, Gali-Petti se tortille et réussit à dégager un de ses bras. Il fouille dans le sac à dos de Gigi-Tricoti et s'exclame :

— J'en ai une !

— Dépêche-toi ! Mes cheveux sont sur le point d'être arrachés !

Gali-Petti étire son bras et insère l'aiguille dans le tuyau au-dessus de Gogc-Alto.

Soudain, la machine produit des bruits étranges : « vooouummmm... cling ! vooouummmm... clang ! » Puis, le « Supre-

mux Perux » s'arrête. Ouf! Il s'en est fallu…
d'un cheveu!

— On est toujours coincés, grogne Gina-
Colada. Les ceintures sont en acier galvanisé.
Je n'ai pas de mixture assez puissante dans
mes fioles pour faire fondre le métal. Gogo-
Alto, que fais-tu?

Pendant que le
« Supremux
Perux » était en
marche, le perroquet
picorait la corde qui le gardait prisonnier.

— Krrroââ! J'y suis presque! lance-t-il
entre deux grignotages.

Enfin libre, Gogo-Alto s'élance au-dessus
de la tête de Gigi-Tricoti. Avec sa patte, il
appuie sur le bouton. Clac! Les ceintures

s'ouvrent. Mais il y a un os (chouette expression qui signifie : « il y a un problème ») : le molosse. Dès que les trois amis font mine de se lever, le chien aux crocs terrifiants se met à gronder.

— Si je faisais une pirouette jusqu'à la porte ? suggère Gali-Petti.

— C'est trop dangereux, affirme Gina-Colada. Il pourrait te croquer une jambe au passage !

— Si je tricotais un filet pour le coincer ? lance Gigi-Tricoti.

— Tu as vu ses crocs ? proteste la chef du groupe. Cette bête est une déchiqueteuse ambulante ! Ce n'est pas un filet qui l'arrêtera… Eh ! J'ai une idée !

La chimiste glisse lentement la main vers sa ceinture garnie de fioles. Elle en choisit une remplie de liquide rouge.

— Krrroââ ! Qu'est-ce que c'est ? demande Gogo-Alto, perché sur son épaule.

— Du « Somnok », à l'odeur de steak. Ça devrait venir à bout de ce molosse… dit-elle en versant quelques gouttes sur le sol.

Aussitôt, les narines de la bête frétillent. Le gros chien s'approche du « Somnok » pendant que les 4 G retiennent leur souffle. Il renifle les gouttes, puis les lèche en trois coups de langue. Il se pourlèche les babines quand, boum !, il tombe endormi aux pieds du quatuor.

— Une bonne chose de réglée ! déclare Gina-Colada. Maintenant, partons à la chasse de Rosy Ferafrizi !

5

Comme un cheveu sur la soupe !

À leur sortie du salon de coiffure, les 4 G notent que le camion de plombier est parti. Et aucune trace de Rosy Ferafrizi…

— Allons consulter Komett ! propose Gina-Colada.

Le bolide est doté de plusieurs gadgets. Entre autres, il filme les alentours quand il est à l'arrêt. Sur le tableau de bord, la chef du groupe appuie sur le bouton de lecture au bas d'un écran.

La rue apparaît, déserte, jusqu'à ce que

Rosy Ferafrizi sorte du salon *Koup-Koup*.
Elle tire d'un coup sec sur le fin papier qui
recouvre le côté du camion de plombier.
Cette fois, on peut y lire : *Toutunchok, Maître
électricien, réparations 24 h.*

— Nom d'une potion velue ! s'exclame
Gina-Colada. Cette gredine est vraiment
futée ! Je parie qu'elle a autant d'affiches
publicitaires que de perruques !

Rosy Ferafrizi monte dans le camion et
démarre sur les chapeaux de roue. Elle
tourne à droite au bout de la rue.

— Nom d'un mouton rasé ! s'écrie Gigi-Tricoti. On l'a perdue !

— Hum… Qu'y a-t-il de « chevelu » ou de « poilu » à droite de cette rue ? murmure Gina-Colada. Voyons voir, ajoute-t-elle en appuyant sur un bouton bleu.

Un plan détaillé de la ville apparaît sur l'écran.

— Un club sportif a ouvert ses portes dans cette rue, affirme Gali-Petti. La boutique voisine est fermée, mais elle vendait des manteaux en fausse fourrure !

— Bingo ! s'écrie Gina-Colada. Allons-y illico presto !

En moins de deux minutes (1 min 43 s), Komett arrive à destination. Le camion de Rosy Ferafrizi se trouve devant la boutique *Fourrures de tout poil*. La vitrine est tellement sale que les 4 G ne distinguent pas ce qui se trouve à l'intérieur. La porte est verrouillée. Sans hésiter, Gigi-Tricoti insère une très fine aiguille à tricoter dans la serrure et… clic ! la porte s'ouvre. En silence, les 4 G entrent à la queue leu leu.

Il fait plus noir que dans une salle de cinéma privée d'électricité.

— Je mets mes lunettes infrarouges, chuchote Gigi-Tricoti.

Le quatuor avance dans un labyrinthe

poilu, en frôlant des rangées de manteaux de fourrure qui leur donnent la chair de poule. Tout à coup, Gigi-Tricoti s'arrête.

— Chut ! J'entends du bruit…

Les 4 G tendent l'oreille. À qui appartient cette voix basse ?

— Ce n'est pas la voix de Johnny Bigoudi, murmure Gali-Petti.

Sur leurs gardes, les 4 G s'approchent de la lumière qui provient du fond du couloir. De dos, un homme aux cheveux blancs, en sarrau, frotte la tête de Johnny Bigoudi avec une mousse verte. Bâillonné et ligoté, le chanteur est à sa merci. Gali-Petti ne peut retenir un petit cri. L'homme se retourne et dit :

— Tiens, les 4 G ! Vous tombez mal, je suis occupé à « shampouiner » le cerveau de monsieur Bigoudi avec un produit de mon invention. Cette star deviendra ma marionnette ! Ha ! Ha ! Ha !

— C'est Rosy Ferafrizi qui porte la perruque du savant fou, chuchote Gina-Colada. Il faut l'arrêter, son invention fonctionne peut-être !

— Moins de cinq minutes à attendre, déclare le « savant fou » en regardant la montre de Gina-Colada à son poignet.

Sans crier gare, « il » retire la perruque blanche et se coiffe d'une perruque noire très courte. Le regard de Rosy Ferafrizi change de nouveau. Puis, elle se place en position de combat.

KiAi!

— Oh non ! fait Gigi-Tricoti. C'est une championne de karaté ! Vite, je dois tricoter un filet pour la coincer !

Gali-Petti fait un bond spectaculaire dans le but de renverser leur adversaire.

— Kiai ! crie-t-elle en l'accueillant avec un coup de pied au menton.

Gali-Petti s'écrase au sol, sonné. Gigi-Tricoti subit le même sort. Elle tombe par terre, inanimée. Gina-Colada n'a pas le temps de saisir une fiole dans sa ceinture.

Elle est assommée par un atémi (mot japonais qui veut dire : « coup ») au cou. Gogo-Alto, lui, s'est réfugié sur le plafonnier.

— Minable bête à plumes, tu ne peux rien contre moi ! lance la karatéka en haussant les épaules. Bon, le temps est presque écoulé, ajoute-t-elle en remettant sa perruque de savant fou.

Aussitôt, Gogo-Alto vole en piqué et la lui enlève avec son bec. Puis, il saisit son sac de moumoutes avec ses pattes.

— Nooooon ! Sale voleur ! crie la gredine en lui arrachant des plumes au passage.

Le perroquet gémit, laisse tomber son butin et retourne sur le plafonnier, à l'abri. Il a toujours la perruque du savant fou au bec. Voyant cela, Rosy Ferafrizi s'empare du sac et se coiffe d'une perruque rousse et frisée. Elle sort de la boutique en courant plus vite que Gali-Petti. Elle doit porter la perruque d'une sprinteuse olympique !

Le temps que les 4 G reprennent leurs esprits, Rosy Ferafrizi est déjà loin.

6

Une fin au poil

Premier debout, Gali-
Petti délivre son idole
et lui tend une serviette. Johnny Bigoudi
essuie vite la mousse sur son crâne pelé. Gali-
Petti est stupéfait. Sans sa tignasse, la star est
difficile à reconnaître !

— Comment vous sentez-vous ? lui
demande Gina-Colada.

— Euh… plus léger, répond-il en passant
la main sur sa tête. Ne craignez rien, ajoute-
t-il devant les regards inquiets des 4 G, je suis
resté le même !

Le quatuor pousse un soupir de soulage-
ment.

— Quelle heure est-il ? ajoute le chanteur
en sortant une montre de poche de son pan-
talon. Vingt heures trente ? Le spectacle
commence dans trente minutes ! Mon agent
doit se faire un sang d'encre !

— On vous ramène dare-dare (mot rigolo
qui signifie : « tout de suite ») au *Kakofonik* ! décide Gina-Colada.

Deux minutes plus
tard (2 min 6 s),
Komett s'arrête
pile devant l'en-
trée du *Kako-
fonik*. Les specta-
teurs sont déjà à

l'intérieur. Fil Spectak est toujours dehors. Il frise l'apoplexie (ça veut dire que le pauvre passe près de s'évanouir) en voyant le crâne d'œuf de son protégé.

— Quelle horreur ! s'affole-t-il. Tu ne peux pas donner ton spectacle avec ce look !

— Krrroââ ! fait Gogo-Alto en tendant la perruque blanche du savant fou à la star.

— Ça fera l'affaire ! dit Johnny Bigoudi en l'enfilant, sous l'air étonné de son agent. Merci, les amis ! ajoute-t-il avant de s'engouffrer dans le *Kakofonik*.

Aussitôt, Gina-Colada ordonne à Komett de se rendre chez *Koup-Koup*.

51

— Mais… proteste Gali-Petti. On va rater le spectacle !

— On a le temps, réplique la chef du quatuor. Rosy Ferafrizi doit être chez *Koup-Koup* pour récupérer sa machine et son molosse. C'est notre chance de la coincer !

Une mauvaise surprise attend les 4 G. Le salon de coiffure est vide. Cependant, Gogo-Alto récupère, sur un séchoir, une mèche rose épinglée à une note. Gina-Colada lit :

La perruque de Johnny Bigoudi est dans le lavabo. Je l'ai essayée et je ne pensais qu'à chanter : j'ai d'autres chats à fouetter ! Poil de carotte, je te rends ta montre, elle n'a pas arrêté de sonner ! Vous avez bousillé ma machine, vous me le paierez…

— Dommage, on l'a manquée… d'un

cheveu ! grogne Gina-Colada en passant la
montre-téléphone à son poignet.

— Rapportons vite la perruque à Johnny
Bigoudi ! s'exclame Gali-Petti. Avec sa moumoute blanche, il a l'air d'un grand-père !

Komett file au *Kakofonik* quand sonne la
montre-téléphone de Gina-Colada.

— Où étiez-vous ? s'inquiète Monsieur Mauve. Je n'arrivais pas à vous joindre !

— Dans le poil jusqu'au cou, réplique Gina-Colada.

— Ha ! Ha ! Très drôle ! Je vous félicite, vous avez retrouvé Johnny Bigoudi.

— Dites à Fil Spectak de nous attendre à l'entrée. Il sera content !

— D'accord. Bravo encore !

— Mais Rosy Ferafrizi court toujours…

— Oubliez ça et profitez du spectacle ! déclare Monsieur Mauve. Au fait, une récompense vous attend au moulin.

Komett s'arrête pile devant le *Kakofonik*. Gali-Petti lance la perruque à Fil Spectak. L'air plus ahuri que jamais, l'agent fonce à l'intérieur du bâtiment. Juste à temps, car les premières notes du dernier succès de Johnny Bigoudi, *J'ai la mèche courte*, résonnent.

Après le spectacle (Gali-Petti tient à dire que c'était excellent), les 4 G filent au *Don Quichotte*, curieux de découvrir la surprise de Monsieur Mauve. Ils trouvent un petit mot sur la table du salon : *En souvenir de votre exploit… Profitez-en bien !*

Des cartes cadeaux du salon *Koup-Koup* trônent sur la table basse.

Les 4 G grimacent. Oui, même Gigi-Tricoti !

Ce livre a été imprimé sur du papier 50 % postconsommation,
certifié ÉcoLogo et fabriqué dans une usine fonctionnant au biogaz.

Les Éditions du Boréal
4447, rue Saint-Denis
Montréal (Québec) H2J 2L2
www.editionsboreal.qc.ca

MISE EN PAGES ET TYPOGRAPHIE :
LES ÉDITIONS DU BORÉAL

ACHEVÉ D'IMPRIMER EN FÉVRIER 2015
SUR LES PRESSES DE L'IMPRIMERIE GAUVIN
À GATINEAU (QUÉBEC).